Hans Clauerts
wunderseltsame, abenteuerliche
und unerhörte Geschichten,
kurzweilig und
sehr lustig zu lesen

Hans Clauerts wunderseltsame, abenteuerliche und unerhörte Geschichten, kurzweilig und sehr lustig zu lesen

Ausgewählt
und nacherzählt von
Johannes Bobrowski
nach dem Buch von
Bartholomäus Krüger,
Stadtschreiber zu Trebbin

Illustrationen von
Peter-Michael Glöckner

Altberliner Verlag

Wer vor vierhundert Jahren das südwestlich von Berlin gelegene Trebbin besuchte, fand ein freundliches Landstädtchen, das sich in der Nähe des Nuthetales vor den westlichen Hügelketten ausbreitete. Er sah Straßen, von den niedrigen Häusern der Ackerbürger gesäumt, sah eine Kirche und fand vor dem Mühlentor eine alte Wassermühle. Und wenn er im Gasthof einkehrte, mochte er wohl bald von einem Einwohner der Stadt hören, dessen lustige Einfälle und ungewöhnliche Streiche die kleine Stadt weit umher in der Mark Brandenburg bekannt gemacht hatten.

Hans Clauert hieß dieser Mann. Er war hier in Trebbin um das Jahr 1506 geboren. Sein Vater, Peter Clauert, hatte ihn nach Zerbst in die Lehre gegeben, wo er das Schlosser- und Büchsenmacherhandwerk erlernte. Dann soll er, wie man erzählt, auf die Wanderschaft gegangen und bis nach Ungarn gekommen sein. Es war damals in Deutschland eine leidenschaftlich bewegte Zeit, die Zeit des großen deutschen Bauernkrieges und der Reformation. An der Südgrenze des Reiches waren die Heere der Türken aufgetaucht. Bei Mohacz hatten sie 1526 das ungarische Heer geschlagen und lagen drei Jahre später vor Wien, der Hauptstadt des deutschen

Reiches. Zwar hat der deutsche Bauernkrieg nicht bis in die Gegenden, in denen Clauert umhergezogen ist, übergegriffen. Nur einzelne Erhebungen der erbitterten Bauern gegen ihre Grundherren sind zu verzeichnen. Und die Durchführung der Reformation hatten die Landesfürsten zu ihrer Angelegenheit gemacht. Aber wir wollen uns erinnern, daß der berühmt gewordene ‹Rosskamm› Hans Kohlhase aus Cölln an der Spree am 22. März 1540 in Berlin auf das Rad geflochten wurde. Er war also ein Zeitgenosse Hans Clauerts, und behaglich ging es in jenen Tagen gewiß nicht zu.

Damals auch zog der schwarze Tod, die Pest, durch die Länder Europas und entvölkerte ganze Gebiete. Auch Hans Clauert soll ihr zum Opfer gefallen sein.

Er war um das Jahr 1530 in seine Heimatstadt zurückgekehrt und hatte es dort nicht nur zum Ruhm eines Schalksnarren, sondern wegen seiner Klugheit auch zum Mitglied des Rates gebracht. Im Jahre 1566 ist er gestorben, damals, als das große Sterben ‹zu Trebyn und in den umbliegenden Dörffern› herrschte. Andreas Angelus Struthiomontanus bestätigt in seinen Annalen der Mark Brandenburg von 1598, daß in jenem Jahr die Pest in der Mark gewütet habe.

Aber Clauerts Späße waren nicht tot. Sie werden bis auf den heutigen Tag erzählt. Und schon im Jahre 1587 hat der Stadtschreiber von Trebbin,

Bartholomäus Krüger, ein Buch unter dem Titel ‹Hans Clawerts werkliche Historien› herausgegeben. Er erzählt darin von Clauerts oft recht derben Späßen. Aber er sagt auch, daß er überall wohlgelitten war und daß man auf seinen Rat hörte.

Bis an den kurfürstlichen Hof Joachims II. in Berlin drang Hans Clauerts Ruf. Ja, er hat sogar einmal den Landesherrn zugunsten seiner Trebbiner Mitbürger mit gutem Erfolg zum Narren gehalten.

‹Und ob er schon war ungelehrt,
doch alle Ding' zum besten kehrt›,

sagt Krüger von ihm. Und die Geschichten und Schwänke dieses Buches werden uns zeigen, daß die Trebbiner und wir alle mit ihnen auf Hans Clauert stolz sein können. Er war ein rechter Kerl, und wer das alte Städtchen einmal besucht, wird vielleicht noch mehr vom Märkischen Eulenspiegel erfahren, als hier erzählt wird.

Hans Clauert, sieh dich vor!

Es war an einem Sonnabend im Sommer des Jahres 1520 oder 1521. Die Stadt Zerbst lag blankgeputzt in der Nachmittagssonne. Überall standen die Fenster offen und sogar die Haustüren, so daß man die weißgescheuerten Dielen der Flure und die Stiegen sehen konnte, wenn man vorüberging. Nur durfte man es nicht so eilig haben wie jener Mann, ein Bauer aus der Umgebung wohl, der jetzt mit langen Schritten die Straße heraufkam.

Er schien schon gefunden zu haben, was er suchte. Denn er eilte auf das Haus des Schlossermeisters Denicke zu, trat durch das Tor und war schon auf dem Hof.

Da stand vor der Werkstatt der Lehrjunge und hatte die Wassereimer abgestellt, die er in die Küche tragen sollte. Denn die Eile, mit der der Mann hereingeschossen kam – zum Wochenschluß und um die Feierabendzeit dazu –, mochte ihm verdächtig vorkommen. Der Bauer aber fuhr den Burschen an, er brauche ein Schloß, und er solle sich tummeln, er müsse noch zurück und hätte es weit.

Der Lehrling hatte nicht viel darauf zu antworten. Er sagte nur, der Bauer könne noch von Glück sagen, weil es ihm rechtzeitig vor dem Sonntag eingefallen sei. Das aber brachte den Mann mächtig auf. Er hatte gleich einige gesalzene Flüche zur Hand, so daß ihm der Lehrbursche bedeutete, er solle sich gedulden, er würde den Meister rufen. Und der Schalk blitzte ihm auf im Auge, als er hinzufügte: ‹Vergeßt nicht, der Meister ist fast taub. Ihr müßt laut mit ihm reden!› Dann war er im Haus verschwunden. Drinnen aber wußte er seinem Meister zu erzählen, draußen stehe ein Bauer, der wolle ein Türschloß. Doch sei der Kerl stocktaub, er habe sich kaum mit ihm verständigen können.

Unterdessen wartete der Bauer auf dem Hof vor der Werkstatt, sah sich nach allerlei Gerät um, das gegen die Mauer gerückt stand, und als Meister Denicke in der Tür erschien, empfing er ihn schon mit lautem Gebrüll.

‹Guten Tag! Guten Tag!› schrie er. Und der Meister – wohl wissend, daß Schwerhörige gewöhnlich auch selber laut reden – antwortete ihm mit nicht geringerer Lungenkraft. So standen sie sich gegenüber, schrien aufeinander ein, fuchtelten mit den Armen, daß die Magd aus dem Küchenfenster blickte, die Gesellen aus der Werkstatt kamen und Frau Meisterin die Treppe herabstieg, zu sehen, wer da so entsetzlichen Lärm vollführe.

Der Lehrjunge aber stand bei den Gesellen und schaute freudestrahlend seinem Werk zu. Schon wußten auch die Gesellen, was da gespielt wurde, schon hatte die Magd verstanden, was für ein Spaß hier an diesem schönen Tag angestiftet war, und die

Hausfrau schüttelte den Kopf. Da hielt der Meister plötzlich ein, faßte seinen fröhlichen Lehrbuben ins Auge, und auch der Bauer verstummte mit einmal, schaute sich um, sah die lachenden Gesichter – und beide begriffen, wem sie da aufgesessen waren. Schon öffnete der Bauer den Mund, seinem Ärger Luft zu machen, als Denicke mit seinem Gelächter dazwischenfuhr: einem so großmächtigen Gelächter, daß es den Bauersmann mitriß und er mit Ho! Ho! und Ha! Ha! einfiel, als sollten die Wände zusammenstürzen.

Und während der Meister sich, nach Luft schnappend, die Tränen von den Backen wischte, war der Handel schnell gemacht. Die Magd schloß das Fenster, der Lehrjunge war in der Küche verschwunden, die Stadt Zerbst lag wieder friedlich in der Abendsonne da.

Als der Bauer längst wieder zum Tore hinaus war und in der Ferne sein Dorf sah, um das sich schon die Abendwolken lagerten, während nur noch, im scheidenden Licht, das Kirchdach ein wenig aufglänzte, kam ihn noch einmal ein Lachen an. Das war ein Spaß! Ein Heidenspaß! Er würde ihn im Kruge erzählen.

Drinnen aber in der Stadt nahm ein Schlossermeister seinen Lehrjungen beim Ohr. ‹Hans Clauert, sieh dich vor!› sagte er. Aber er schmunzelte dabei.

In Ungarn

Der pfiffige Bursche lernte sein Handwerk recht und gründlich, denn er war mit Fröhlichkeit dabei, und da gerät alles noch einmal so gut. Und da er außerdem ein flinker, frischer Kerl geworden war, gerade gewachsen und mit gesunden Gliedern und klaren Augen, wollte ihm die Heimat bald zu klein und zu eng erscheinen. Kaum daß er seine Lehre beendet, zog er davon in die Fremde, seine Künste als ein braver Schlosser und Büchsenmacher zu erproben, Neues zu lernen und vor allem viel zu sehen und zu erleben.

So ist er bis ins ferne Ungarland gelangt und hat dort bei einem Grafen als Büchsenmeister Dienst genommen. Daß er auch da seine Späße getrieben, ist sicher, und eine besonders schöne Geschichte soll hier gleich erzählt sein.

Der Graf, dem Clauert diente, war jung und lebenslustig, und er wird unseren Clauert, der ihm die Donnerbüchsen in Ordnung hielt und überdies ein munterer Bursche war, gern mit sich auf die Pirsch genommen haben. Sonst aber war er wohl mehr bei Geselligkeiten und Festen auf den Schlössern der Umgebung als zu Hause.

Dafür jedoch führte die alte Gräfin, seine Mutter, ein strenges Regiment und war eifrig bedacht, zu ergattern und zu gewinnen, was irgend in Reichweite stand. Und da ihr die Kämmerer und Verwalter, die Meier und Schulzen manches Geschenk ins Schloß tragen mußten, hielt sie auch den neuen Büchsenmeister, unseren Hans Clauert, an, er solle ihr

wenigstens Geflügel heranbringen. Er würde doch gut behandelt, so meinte sie, und müßte dankbar sein dafür.

Clauert bedachte sich nicht lange. Er wanderte noch am selben Abend zu einem der gräflichen Meierhöfe hinaus und ließ dort alle Gänse und Truthühner schlachten. Die Frau Gräfin habe es befohlen, sagte er und kam anderntags mit den inzwischen gerupften und ausgenommenen Vögeln wieder im Schlosse an.

Er hatte sie alle an zwei Stangen gehängt, die vier Bauern vor ihm her trugen, und als er nun der gnädigen Frau Gräfin 54 Truthühner und 36 Gänse übergab und sich mit höflichen Worten entschuldigte, weil er in so kurzer Zeit nicht noch mehr hätte heranschaffen können, rieb sich die geizige Alte die Hände. Der Büchsenmeister war nun in ihren Augen ein braver, ein ehrenhafter Mann, denn soviel auf einmal hatte ihr schon lange niemand mehr zum Geschenk geboten. Hoffentlich fiel es ihm bald wieder ein, seiner gnädigen Herrschaft auf solche Weise seine Verehrung zu bekunden. Ich werde ihn schon daran erinnern, dachte sie bei sich. Sie entließ Hans Clauert huldvoll, und der verdrückte sich schnell.

Er hatte auch Grund zur Eile. Denn schon gegen Mittag war der Meier im Schloß, zu fragen, ob alles nach der gnädigen Herrin Wunsch gegangen sei. Da erfuhr nun die Gräfin von dem großen Schlachten unter ihrem eigenen Federvieh. Die Galle stieg ihr hoch, und der Clauert sollte das Nötige von ihr zu hören bekommen. Aber er war nirgends zu finden.

Die Mägde und Knechte und die ganze Dienerschaft freilich lachten sich eins, aber Clauert durfte nun doch einige Zeit im Schloß nicht erscheinen.

Das war ihm nicht leid. Er hatte schon einen Plan, wie er die Geschichte zu Ende bringen würde, und fand auch den und jenen unter der Dienerschaft, der ihm dabei behilflich sein wollte.

Eines Tages hieß es im Schloß, Clauert sei gestorben. Schon läuteten die Glocken, und ein Sarg wurde in die Kirche getragen. Die Mägde zogen ein mit-

fühlendes Gesicht und zerdrückten eine Träne um den allzeit fröhlichen Gesellen.

Die Gräfin war eine fromme Frau, und wenn sie nun auch meinte, die Strafe des Himmels habe den argen Kerl getroffen, so schien ihr diese Strafe doch ein wenig hart, denn ein guter Büchsenmacher ist auch etwas wert und nicht an jeder Ecke zu finden. Und als auch der junge Graf seinen kurzweiligen Jagdgefährten betrauerte, war sie bereit, den bösen Streich großmütig zu verzeihen.

Sie trat also in die Kirche ein, wo unser Clauert im Sarg lag – freilich quicklebendig und voller Erwartung, wie die Sache ausgehen würde. Und als sich die Gräfin nun vernehmen ließ, der Bösewicht sei in des Himmels Gewalt, sie wolle nicht mehr im Zorn seiner gedenken, stieß Clauert den Deckel zurück, sprang aus seinem Sarg, um sich für die erlangte Verzeihung zu bedanken. Da wollte der Dame freilich noch einmal die Galle hochkommen. Doch hinderte sie der Stolz daran, sich Luft zu machen. Sie mußte schon, hier vor allen Leuten, bei ihrem Wort bleiben und rauschte in leidlich guter Haltung davon.

Bald danach fielen die Türken ins Ungarland ein. Da zog auch der junge Graf in den Krieg, und Clauert verlor seinen Dienst. So machte er sich wieder auf in seine Heimat, die er nun schon lange Zeit nicht mehr gesehen hatte.

Ein aufgeregter Festredner

Der entlassene Büchsenmeister zog nun unverdrossen am Donaustrom hin nordwärts und durch die österreichischen Lande. Er soll sich, wie erzählt wird, fahrendem Volk angeschlossen haben und hat vielleicht in Städten und Marktflecken seinen Witz erproben und mancherlei Kunstfertigkeiten erlernen können. Als er nach langen Monaten wieder in seiner Vaterstadt ankam, verstand er jedenfalls nicht nur die Trompete zu blasen, sondern hatte sich auch tüchtig umgetan in der Welt.

Er war also ein weitgereister Mann, der viel zu erzählen wußte. Und als die Jungfer Müller, des Bürgermeisters Tochter, heiratete, wurde auch er zur Hochzeit geladen. Ja, er wurde sogar dazu erkoren, mit einem Gefolge von Reitern und mehreren Wagen voll Musikanten und jungem Volk die Braut nach Treuenbrietzen zu geleiten. Dort nämlich wohnte der Bräutigam, Valentin Lusse mit Namen.

Als sie nun die Straße dahinzogen, kamen ihnen schon bald die Treuenbrietzener entgegengeritten, lauter junge Burschen. Da gab es auf beiden Seiten Hallogeschrei. Scherzworte flogen herüber und hinüber. Man mischte sich untereinander, tauschte Gruß und Bruderkuß.

Nur einem war's bänglich zumute. Das war der

Freund des Bräutigams, ein Studierter und künftiger Gelehrter, der eine feierliche Begrüßungsrede an die Braut und ihre Verwandtschaft richten sollte. Der stand da und wußte nicht, wie beginnen. Dabei hatte er sich doch alles so schön in seiner Studierstube zurechtgelegt mit sinnvollen Vergleichen und vielen Versen aus lateinischen Dichtern.

Clauert verstand sogleich, wo den schüchternen Jüngling der Schuh drückte. Er trat zu ihm heran und flüsterte ihm zu, er solle sich seine Rede noch einmal überlegen, er würde ihm Zeit dafür verschaffen. Und schon hatte er sein Jagdhorn ergriffen, schmetterte darauflos, schritt um die Wagen herum und begann mit lauter Stimme Roß und Reiter, Wagen und Gerät – alles, was er aus Trebbin bis hierher geleitet – zu zählen. Dabei stieß er immer wieder in sein Horn und machte mit Schreien und Tuten einen gewaltigen Lärm, der alles, Mensch und Tier, durcheinanderbrachte. Nur eben nicht den jungen Menschen, der unterdessen unbeachtet seine Gedanken und seine Worte in rechte Ordnung brachte, so daß die Begrüßung nun endlich vor sich gehen konnte.

Da ließ Clauert mit einem fröhlichen Signal von seinem Getöse ab. Der Jüngling stellte sich vor das Brautpaar, und es wurde eine schöne, gelehrte Rede, die allen gefiel.

Worauf sich die ganze Gesellschaft mit Pferden und Wagen nach Treuenbrietzen zur Hochzeit begab und Clauerts hilfreiches Hornblasen ‹genugsam belachet ward›.

Von kurfürstlicher Klugheit

Clauert hatte einen Viehhandel angefangen, der ihn überall in der Gegend herumführte. So hörte auch der Kurfürst Joachim von Brandenburg, der zweite seines Namens, von den Streichen Clauerts, und er gedachte, den Schalk nun selber einmal tüchtig zu foppen, damit er die Weisheit seines Landesherrn recht schätzen lerne.

Er ließ ihn also nach Berlin auf sein Schloß entbieten, sah sich den lustigen Vogel von allen Seiten an, ohne freilich Besonderes an ihm zu finden, und schickte ihn wieder nach Trebbin zurück.

Er gab ihm aber einen versiegelten Brief mit, den Clauert unverzüglich an Eustachius von Schlieben, den Hauptmann von Zossen und Trebbin, ausrichten sollte. In diesem Brief stand, der von Schlieben möge den Überbringer in sicheren Gewahrsam nehmen und ins Gefängnis legen, bis der gnädige Kurfürst in höchsteigener Person erscheinen und weiteres selber verfügen würde.

Der hohe Herr freute sich diebisch. Er hätte zu gern das überraschte Gesicht Hans Clauerts gesehen, wenn der in Zossen, statt eines Botenlohnes, kurzerhand in den Kerker wandern würde.

Clauert aber schien die kurfürstliche Weisung nicht recht geheuer. Er war noch nicht aus Berlin heraus, so erbrach er das Schreiben, ließ sich von einem Bekannten vorlesen, was da mit ihm geschehen sollte, und warf das Papier in die Spree. Mochte es schwimmen, er trug es nicht aus. Im Bernauischen Keller gab es ein Bier, das gut gegen den Ärger war.

Anderen Tags war Clauert wieder zu Hause. Und als nach kaum einer Woche der Kurfürst auf dem Zossener Schloß ankam und den Hauptmann von

Schlieben fragte, wie es mit dem Clauert stehe und ob er noch im Gefängnis sei, wußte der nichts davon.

Da wurde nun Hans Clauert sofort vor den Landesherrn beschieden und, als er erschien, zornig angefahren, wo er den Brief gelassen hätte.

Clauert tat ganz erschrocken und erkundigte sich scheinheilig, ob denn der Brief wirklich noch nicht angelangt sei.

‹Wie soll er denn hier sein, wenn du ihn nicht überbracht hast?› fragte der Kurfürst wütend zurück.

Aber Clauert antwortete mit so ausgesuchter Höflichkeit, daß seine Worte dem Herrn doppelt und dreifach unverschämt erscheinen wollten.

‹Gnädigster Kurfürst und Herr›, sagte er, ‹Eure kurfürstliche Gnaden haben mir befohlen, den Brief eilends hierher zu tragen. Da ich aber noch manches in Berlin auszurichten gedachte und wohl nicht vor zwei oder drei Tagen in Zossen sein konnte, warf ich Euer Schreiben in die Spree. Ich meinte, es möchte unterdessen vorausschwimmen und zeitiger ankommen als ich. Denn ich getraute mich nicht, eine Botschaft unseres gnädigsten Herrn aufzuschieben, bis ich selber in Zossen anlangen würde. Nun wundert's mich nicht wenig, daß der Brief über alles Erwarten lange unterwegs und noch nicht zur Stelle sein soll.›

Sicher hat der hohe Herr über Hans Clauerts Worte gelacht und ihn für einen seltenen Narren gehalten. Ob er dabei auch gemerkt hat, wie sehr er selber damit genarrt worden war?

Billiger Wein

Nicht lange danach geschah es, daß ein reicher Herr durch Trebbin gezogen kam mit Wagen und Bedienten. Der gedachte sich in der Stadt für einen Tag von der Reise auszuruhen. Er machte sich's also im Gasthaus bequem, ließ Gebratenes auffahren und teuren Wein und saß nun rundherum gesättigt am Fenster, ein wenig auf den abendlichen Marktplatz hinauszuschauen.

Da war für Hans Clauert wieder Gelegenheit, einen hochmögenden Herrn zu schröpfen, wie er es gern tat.

Er trat also vor das Fenster, zog seine Mütze und erzählte ein Langes und Breites von seiner Frau, die krank darniederläge. Es würde ein Trunk guten Weines wohl helfen, meinte er, doch sei er selber zu arm, ihn ihr zu schaffen. Redete und redete also, bis der Herr Befehl gab, ihm einen Krug Rheinwein zu geben. Denn es ist ein schönes Gefühl, wenn man selber schon ganz voll und satt und zufrieden ist, sich auch noch als barmherzig und wohltätig zu zeigen und Lob und Dank zu ernten.

Clauert war sogleich in die Küche getreten, seinen Krug zu empfangen, fand auch Gefallen an dem guten Tropfen, nahm einen Schluck um den anderen und rühmte den Trunk.

Schon stand auch den Köchen die Nase danach. Sie trugen Clauert das Beste zu essen auf, um dafür von dem herrschaftlichen Wein zu schmecken. So ging der Krug bald zur Neige, und Clauert bedachte sich schnell, wie er ihn noch einmal könnte füllen lassen.

Noch saß der Herr wohlgemut am Fenster. Da trat Hans Clauert aus der Tür und trug den Krug, den er bis obenhin mit Wasser gefüllt hatte, vorsichtig in den Händen. Er machte ein paar Schritte und tat plötzlich, als ob er strauchele, fiel hin, die Kanne rollte über die Straße, und Clauert begann zu klagen, wie er sich geschlagen habe und daß der Wein vergossen sei.

So erhielt er den Krug noch einmal gefüllt, denn der reiche Herr fand an seiner mildtätigen Stunde Gefallen – wohl, weil sie nicht sehr häufig war – und bedauerte den armen Kerl.

Der aber saß schon wieder in der Küche über seinem Schmaus und ließ die Kanne kreisen.

Wie man Dorfpastor wird

Alljährlich wanderte Hans Clauert ins mecklenburgische Land hinauf, um dort in den Bauerndörfern Vieh aufzukaufen.

So kam er auch einmal nach Sewekow. Er gedachte dort einige Rinder zu bekommen, die er dann nach Jüterbog treiben wollte, wo um den Laurentiustag ein großer Viehmarkt gehalten wurde.

Er hatte sich einen Gesellen, Fabian Teuerbier mit Namen, mitgenommen. Der war fromm und hatte, kaum daß sie das Dorf betreten, schon Grund, sich zu entrüsten. Da saßen doch wirklich die Sewekower Bauern am hellichten Nachmittag vor dem Kruge bei einem Faß Bier!

Aber während nun Teuerbier sich noch aufhielt mit Reden über die verderbte Zeit, hatte Clauert schon von einer alten Frau über den Zaun erfahren, daß der Pfarrer gestorben sei, gestern in der Nacht, und daß nun nach altem Brauch ein gutes Faß Bier zur Tröstung herhalten müsse. Nun hatte Teuerbier sich noch einmal und noch mehr zu wundern: denn aus dem vergnügten Handelsmann an seiner Seite war im Augenblick ein würdiger, gesetzter Mann geworden, der ruhigen Schrittes mit ernsthaftem Gebaren daherwandelte und sich von seinem frommen Gesellen dessen Gebetbuch erbat.

Schweigend steuerte er auf den Dorfkrug zu, setzte sich aber gesittet, abgekehrt von dem Treiben der Bauern, zur Seite und schlug das Büchlein auf.

Fabian Teuerbier hatte sich unterdessen von seiner Überraschung erholt. Eben wollte er seinen Herrn und Meister nach dem Grund und wohl nach der Aufrichtigkeit seines frommen Tuns fragen, als ihm der schon auf den Fuß trat und ihm zuflüsterte, er solle den Mund halten, es würde sich für ihn lohnen. So konnte er ihm nur noch das Gebetbuch herumdrehen, denn Clauert, der nicht lesen konnte, hielt es verkehrt.

Da kamen auch schon die Bauern einer nach dem anderen heran, den Fremden zu fragen, was er wohl für einer sei.

Als sie nun von Clauert hörten, er wäre Prediger und auf dem Wege, eine Stelle zu suchen, wußten sie sich über die glückliche Schickung kaum zu lassen. Sie berichteten, wie es bei ihnen stünde: daß der Pfarrer tot sei und daß sie wohl einen neuen Geistlichen brauchen könnten. Er müßte nur ein umgänglicher Mann sein, leben und leben lassen wie der Verblichene. Und schon saßen sie mit Clauert um das Faß, ihn zu prüfen, ob der fromme Mann nach ihrem Sinn wäre. Hans Clauert hielt gerne mit, und auch sein Geselle war so heilig nicht, daß er einen wohlfeilen Trunk ausgeschlagen hätte.

Den Bauern schien der trinkfeste Prediger recht nach ihrem Herzen, und mehr als seine würdigen

Reden gefielen ihnen die Späße, die er schon bald auftischte. So beschlossen sie denn unter Gelächter und Singen, den fröhlichen Fremden zu erwählen. Und sie eröffneten ihm, er solle ihnen morgen eine Probepredigt halten; danach wollten sie beschließen, ob er hierbleiben könne.

Inzwischen war der Küster zu ihm getreten, um mit ihm ein Wort auf lateinisch zu reden. Aber woher sollte Clauert Latein können? So antwortete er freundlich, sie wollten das Latein lieber beiseite lassen. ‹Es ist hochmütig›, sagte er, ‹vor Leuten, die es nicht verstehen, lateinische Reden zu führen!› Das gefiel den Bauern noch besser.

Bis weit in die Nacht währte der Umtrunk. So lange reichte das Faß. Dann zogen Clauert und der fromme Fabian zum Pfarrhof, nun zum billigen Bier auch ein ebensolches Quartier und eine gefüllte Speisekammer zu finden.

Was Wunder, wenn sie am anderen Morgen nicht aus den Federn kamen!

Fabian Teuerbier erwachte vom Glockengeläut, mit dem der Küster das Dorf zur Predigt rief. ‹Los, steh auf!› rief er, sprang aus dem Bett, rüttelte den schnarchenden Kandidaten. ‹Du mußt doch predigen!› schrie er und fand selber in all der Aufregung seine Kleider nicht zusammen.

Da war Hans Clauert viel eher fertig. Er schob seinen Gesellen vor sich her zur Hintertür hinaus und durch den Pfarrgarten. Und während das Geläut verstummte, hatten sie schon längst das freie Feld gewonnen.

Nun, da sie in Sicherheit waren, begann Fabian Teuerbier das Gewissen zu plagen. Er hielt Clauert seinen gottlosen Betrug vor, aber der zeigte auf seines Gesellen Beine. ‹Du hast ja nicht einmal Strümpfe und Schuhe an!› sagte er. ‹Geh zurück und hol sie dir!›

Aber das wollte Fabian nicht.

Eine tugendsame Frau lernt fluchen

Von dieser Wanderung durch das seenreiche Mecklenburger Land gibt es noch eine andere Geschichte. Sie soll sich in einem Nachbardorf Sewekows, vielleicht im nahen Buchholz oder in Mirow, zugetragen haben. Da stand eine alte Frau im Garten. Sie war dabei, Unkraut auszureißen. Und als Hans Clauert vorüberkam und sie freundlich grüßte, trat sie an den Zaun, dankte ihm noch freundlicher und führte so honigsüße Reden im Munde, daß es Clauert schon verdroß. Er fragte sie also, ob es wahr sei, daß in Mecklenburg die Frauen so erbärmlich zu fluchen verstünden; man hätte ihm davon erzählt.

Da tat die Frau ganz entsetzt. ‹O nein, lieber Sohn, wo sollte ich denn fluchen gelernt haben!› rief sie. ‹Bin ich doch keinem Menschen so gram wie dem, der flucht!›

‹Nun, das ist recht›, meinte Clauert salbungsvoll und fügte schnell hinzu: ‹Man hat mir aber gesagt, liebe Mutter, Ihr wäret ein schlimmes Klatschmaul und hieltet Euch heimlich an den Wacholderschnaps.›

Da konnte man nun die Alte schelten hören! Schelm und Tagedieb, ausgelausten Hundebalg und räudigen Mistbock hieß sie unseren Clauert, wünschte ihm mehr als zwanzig Tonnen voll Teufel in den Leib und konnte sich nicht genugtun mit Fluchen und Schreien.

Clauert stand da, und als die Frau Atem schöpfte und schon dabei war, fortzufahren in ihrem Gekeife, sagte er freundlich und tat ganz verwundert dabei:

‹Man möcht's nicht glauben, daß Ihr das Fluchen eben erst erlernt habt. Hätte ich vorhin Eure Rede nicht mit eigenen Ohren gehört, ich hätte gemeint, Ihr müßtet es früher schon fleißig geübt haben.› Wandte sich und ging davon.

Vom Schweineschlachten

Wie überall war es damals auch zu Trebbin der Brauch, die Fastnacht mit Essen und Trinken zu feiern, weil zur Fröhlichkeit auch ein guter Bissen und ein braver Trunk gehören.

So wurde auch in den Häusern der Stadt tüchtig gebacken und gebraten, und der und jener holte den Fleischer, daß er ihm ein Schwein schlachte. Aber man kann kein Schwein schlachten, wenn man keines hat. Hans Clauert hatte keins.

Gleichwohl ließ er dem Meister Peter Wolter bestellen, er solle zu ihm zum Schlachten kommen. Der erschien nun mit seinem Werkzeug, fragte, ob das Wasser schon heiß sei, und wollte sich gleich an die Arbeit machen.

Da antwortete Clauert, das Wasser wäre schon heiß genug, nur das Schwein sei noch nicht da. ‹Ich will sogleich zum Müller gehen und mir eines leihen, lieber Meister›, fuhr er fort. Doch der Fleischer wurde zornig, er solle einen alten Mann nicht zum Narren halten, und ging davon. Als die beiden sich dann am Nachmittag am Markt trafen und gerade dabei waren, sich mit einem kräftigen Händedruck wieder zu versöhnen, bog Meister Görge um die Ecke, der die Wassermühle vor dem Tore betrieb.

Da rief Peter Wolter, Clauert möchte seine Bitte

nun doch vorbringen, der Müller sei ja gekommen wie gewünscht. So erfuhr nun Meister Görge den Spaß.

Er lachte herzlich darüber, aber unterm Lachen sagte er: ‹Ein Schwein hätte ich dir auch nicht geben können. Die bei mir im Stall stehen, gehören alle dem Eustachius von Schlieben.› Er zog das Sacktuch hervor, wischte sich über das Gesicht und meinte dann: ‹Du kannst ja zu ihm gehen und dir eins borgen.›

Der Müller wußte, wieviel sein Ratschlag wert war. Ebensogut wie Hans Clauert, der nichts sagte als jenen Spruch, der zu jener Zeit auf und ab in deutschen Landen im Schwange war: ‹Wo die Mäuse mit den Katzen essen wollen, da müssen sie einer scharfen Tischzucht gewärtig sein.›

Wie ein Eierdieb überführt wird

Clauerts Nachbar hieß Valentin Schneider. Er war ein arger Saufaus und hielt mein und dein nicht gern auseinander. Jedoch führte er ein großes Maul und hatte sich auch gerühmt, er wisse den schlauen Hans Clauert schon anzuführen, wie er wolle. Aber man weiß schon, was die Maulhelden wert sind.

Nun war es Clauerts Hausfrau Margarete längst aufgefallen, daß ihre Hühner schon vor der Zeit das Eierlegen aufzugeben schienen. Immer weniger und immer seltener wurden die nahrhaften Gaben in den Nestern, und immer öfter mußte Clauert auf seinen gewohnten Eierkuchen verzichten. Das war ihm leid.

Er sah sich also im Stall bei den Hühnernestern um und entdeckte gerade über ihnen ein loses Brett in der Wand. Nun wußte Clauert, daß seine Eier den Weg in Valentin Schneiders Küche genommen hatten.

‹Hol's der Donner!› rief er, lief schnell, holte eine gute Schaufel saftigen Mist vom Dunghaufen und füllte damit die Nester sorgfältig bis an den Rand. Er tat noch einen frischen Kuhfladen darüber, jagte das Hühnervolk auf den Hof und ging dann selber auf die Straße, seine Gesellen und Bekannten zusammenzurufen.

Inzwischen war die Zeit gekommen, da die Hühner gewöhnlich ihr Legegeschäft beendet haben. Die Männer standen schon erwartungsvoll unter dem Holunderbusch, rührten sich nicht und sagten keinen Laut, denn Clauert hatte ihnen den Handel erzählt. Da erhob sich mit einmal jenseits des Zaunes, hinter dem Stall, ein gräßliches Fluchen. Sofort waren die Männer aus ihrem Versteck heraus, reckten sich über die Zaunstäbe und sahen Valentin Schneider dastehen, beide Hände bis an die Ärmel hinauf voll Dreck.

‹Wohl bekomm's!› rief Hans Clauert, und das Großmaul fand auf einmal keine Worte, stand und blickte verdattert auf seine Mitbürger, die über den Zaun lehnten, sah an ihren Gesichtern, daß sie alle ihm den Segen gönnten, hörte Gelächter und lauter Hohn und Spott. Und erst als Frau Margarete hinzugelaufen kam, den Eierdieb auszuzetern, machte er kehrt und lief ins Haus.

Nun hatte er für lange Zeit Grund, sich von der Straße und aus den Wirtshäusern zu halten, denn die ganze Stadt wußte von seinem Eierschmaus und wünschte ihm auf eine, wie ihm schien, niederträchtige Art guten Appetit dazu.

Drei Schreiber auf der Wildschweinjagd

Der Hauptmann von Schlieben hatte in Trebbin und in Zossen zwei Amtsschreiber eingesetzt. Die beiden waren eifrig besorgt, ihres Herrn Wünsche zu erfüllen, und hatten sich darum schon in kurzer Zeit bei den Bauern und den Stadtbürgern gründlich verhaßt gemacht. Ihnen einen Possen zu spielen, war Hans Clauerts Absicht, als er eines Morgens, mitten im Winter, im Trebbiner Schloß vorsprach, wo beide Schreiber sich gerade aufhielten.

Es war am Abend vorher viel Schnee gefallen, und die Nacht hatte eine klirrende Kälte gebracht. Das schien Clauert gerade das rechte Wetter zu sein. Er hatte sich tüchtig im Schnee gewälzt, damit es aussähe, als käme er eben aus dem Walde, und erzählte den Schreibern von einem mächtigen Wildschwein, das er sicher erlegt haben wollte, hätte er nur zwei Gehilfen gehabt.

Unterdem kam auch des Hauptmanns Geheimsekretär herzu, und alle drei waren sie Feuer und Flamme, auszuziehen auf die Saujagd und eine ritterliche Tat zu vollbringen. Sie fragten Clauert aus, wo das Tier zu finden sein würde, hielten die Bedienten an, Fangnetze und Sauspieße herbeizuschaffen, und drangen in Clauert, sie sogleich hinzuführen.

Dann zogen sie los: der Sekretär und der Trebbiner Amtsschreiber hoch zu Roß, der Zossener wegen seiner Leibesfülle in einem Schlitten, Schloßknechte mit dem Jagdgerät hinterher.

Bald waren sie an den Wald heran, und Clauert führte sie geradeswegs auf den Galgenberg. Hier, meinte er, indem er ein Auge zukniff, wären die Herren endlich am rechten Ort. Die Netze wurden im dichten Gesträuch ausgespannt, und die großen Jäger postierten sich mit Spießen davor, wie es ihnen Clauert anwies.

Nun hieß es warten, bis die Bauern, die herbeigerufen waren, zusammen mit den Schloßknechten das Wildschwein vor ihre Spieße getrieben haben würden.

‹Es kann nicht lange währen, dann gibt es eine hitzige Jagd›, meinte Clauert und erbot sich, dem Herrn Geheimen Sekretär den schweren Fuchspelz zu tragen. Er würde ihn nur behindern, sagte er, warf sich den Pelz über die Schulter und machte sich mit den Treibern davon.

Nun wußten freilich die Bauern und Knechte gut genug, daß hier in der Gegend die Wildsäue so häufig seien wie die Schwalben um Neujahr. Sie stapften also durch den Schnee, machten hier und da einiges Geschrei, dachten sich ihr Teil und fanden schließlich jeder einen warmen Ofen, wo sie die kalten Füße gegen das Feuer streckten.

Unterdessen standen die drei Schreiber auf dem

Galgenberg im eisigen Wind, traten von einem Fuß auf den anderen, aber nur leise, um die Wildsau nicht zu verscheuchen, die ja nun bald aus dem Gestrüpp hervorbrechen mußte, und sie froren ganz jämmerlich dabei. Der Geheimschreiber am meisten.

Sie mochten gut drei Stunden so zugebracht haben und waren mehr tot als lebendig. Da riß Antonius Schaff, dem Zossener Schreiber, die Geduld. Er machte sich auf, suchte, bis er einen Bauern fand, und fragte nach Hans Clauert. Aber er erfuhr nur, daß Clauert die Treiber angewiesen hätte, zu schreien und zu lärmen, und selber längst nach Trebbin zurückmarschiert sei.

Da schoß dem dicken Zossener die Wut zu Kopfe, daß es ihm plötzlich heiß wurde davon. Er schickte einen Boten den Berg hinauf, und unter Flüchen und Drohungen fand die gewaltige Sauhatz ihr Ende.

Die drei Jäger hätten nun dem Clauert gern einen Schaden angetan, aber hinter den Hauptmann mochten sie sich nicht stecken. Der war ein roher Patron und für derbe Späße immer zu haben, sofern sie ihn nicht selber betrafen. Er hatte auch schon von Clauerts neuestem Stücklein erfahren und mächtig über die Sauspießer auf dem Galgenberg gelacht.

Das wußten die Schreiber. So ließen sie ihren Groll nicht laut werden – irgendwann fand sich wohl noch Gelegenheit, den Schimpf zu rächen. Jedenfalls meinten sie so, aber da mußten sie sich einen andern suchen als Hans Clauert.

Eine Handvoll Werg

Diesmal waren es nur die Schreiber, die Hans Clauerts Witz ertragen mußten. Ein andermal kam der Kurfürst Joachim selber dran. Und es sollen ihm nun doch beinahe Zweifel aufgestiegen sein, ob das wirklich noch ein Spaß sei.

Was war es denn, was der Trebbiner Schalk da angestiftet hatte? Wie konnte es geschehen, daß der hohe Herr seine gute Laune fast vergaß, die er doch damals bewahrt hatte, als Clauert seinen Brief in die Spree geworfen?

Ja, es ging um Ernsteres: um Besitz und Geld! Und da hörte für den verschwenderischen Kurfürsten, der ständig in Geldnöten war, der Spaß auf. Hatte er doch erst kürzlich den adligen Gutsherren gegen entsprechende Geldzahlungen gestattet, bis dahin noch freie Bauernhöfe und Dörfer in die Erbuntertänigkeit zu nehmen.

Hans Clauert gehörte damals bereits dem Rat der Stadt an, und als der Kurfürst bekanntgab, er werde auch den der Stadt gehörigen Forst neu bemessen, machte er sich mit den Trebbiner Ratsmannen zu dem festgesetzten Tage nach der Gegend um das Dorf Neuendorf auf, wohin der Landesherr sie befohlen hatte.

Nun langten die Trebbiner aber später als der

Kurfürst an, weil sie am Neuendorfer Krug nicht vorbeigekommen waren, wo sie die Zeit am Damebrett verbracht hatten.

Als sie endlich erschienen, schnitt ihnen der gnädige Herr mit zornigen Worten die Rede ab und

bestimmte kurzerhand, daß die Stadt ihres Waldbesitzes verlustig gehen sollte.

Es war ohnehin seine Absicht gewesen, die Trebbiner übers Ohr zu hauen, wie er es sonst auch mit den Städten in Brandenburg versuchte. So kam ihm die Säumigkeit der Ratsmannen gerade gelegen.

Die Sache stand schlecht. Was sollten die Trebbiner gegen ihres Herrn Befehl sagen?

Da trat Hans Clauert vor und bat, Ihre kurfürstliche Gnaden möchten der braven Stadt doch wenigstens nur soviel Wald zugestehen, wie sich mit einer Handvoll Werg umspinnen lasse.

Das gab der Kurfürst zu, denn was war schon eine Handvoll Werg! Und überdies erwartete er von Clauert, diesem Teufelskerl, einen unterhaltsamen Spaß.

Aber Hans Clauert hatte eine richtige Schlosserfaust. Er konnte also einen schönen Ballen Werg darin zusammenpressen, und wer vom Spinnen eine Ahnung hat, weiß, wie lang der Faden von einer solchen Handvoll Werg werden kann, wenn man ihn nur dünn genug hält.

Die Trebbiner jedenfalls erhielten auf diese Weise mehr Wald, als sie zuvor besessen hatten. Und es heißt, daß sie zum Andenken an diese Begebenheit das Damebrett, mit dem sie sich im Neuendorfer Krug aufgehalten hatten, in ihr Stadtwappen aufnahmen.

Ein häuslicher Tanz

Clauerts Frau Margarete war ein herbes Kraut. An ihres Mannes Späßen fand sie keinen Gefallen, warf ihm vor, daß er mehr als nötig außer dem Hause sei, und war zornig auf den ganzen Rat der Stadt, der sich mehr als auf dem Rathaus in Peter Müllers Wirtshaus versammelte, wie sie meinte.

Eines Tages saßen die Ratsmannen beieinander, da trat Frau Margarete herein, ihren Mann nach Hause zu rufen. Sie nannte ihren Hans vor allen Ohren einen Schwatzmichel und Tagedieb, und als die Herren ihr zu trinken anboten, wurde sie noch wütender und ging schließlich unter lauten Scheltreden davon.

Clauert hatte stumm dagesessen, so als höre er nichts. Als nun die Frau hinaus war, begannen ihn die Männer mit seiner streitbaren Grete zu hänseln.

‹Du mußt nun wohl heimgehen, wie deine Herrschaft befohlen›, meinte der eine. Und der andere sagte: ‹Eil dich nur, Hans, die Lauge wird schon gewärmt sein!›

Clauert aber fragte verwundert, warum er denn schon weichen sollte. Nun lachten die Ratsleute und riefen, sie hätten doch gerade gehört, wie seine Eheliebste ihm die Lektion gelesen. Sie würde ihn schon willkommen heißen, er solle nur gehen.

Da meinte Clauert: ‹Mein Weib sollte mir ein unnützes Wort geben? Das kann ich nicht glauben. Meine Grete wird heute noch mit mir tanzen!›

Das gab nun ein großes Hallo um den Tisch. Der ganze Rat verschwor sich, ein Faß Bier zu stiften, wenn ihm das gelingen sollte.

Clauert war gleich dabei. Er nahm zwei Mann zu Zeugen, daß seine Frau ungebeten mit ihm tanzen würde, und zog mit ihnen los.

Nun ging in Clauerts Hause vom Flur in die Stube ein kleines Fenster. Dahin stellte er die beiden, ermahnte sie, daß sie achtgeben sollten, und trat selber ein.

Dort saß Frau Margarete am Kachelofen, spann und war böse. Clauert sagte kein Wort, stemmte nur die Arme in die Seiten, tanzte die Stube hin und wider, auf und nieder, und sang sich selber dazu einen Tanz: ‹Bin ich denn nicht Herr im Haus, Herr im Haus, Herr im Haus…›

So tanzte er und stampfte mit den Füßen, warf die Beine, hüpfte und sprang und sang, daß die Stube

schallte. Darüber geriet Frau Grete in solchen Zorn, daß sie den Spinnrocken hinter den Ofen warf, aufsprang und – die Arme ebenfalls in die Seiten gestützt – hinter ihrem Mann her tanzte. Und sang er: ‹Bin ich denn nicht Herr im Haus›, so sang sie, nur viel lauter: ‹Bist du denn nicht Narr im Haus!› So tanzten sie in der Stube umher, daß die beiden am Flurfenster vor Vergnügen zu platzen meinten.

Als das Clauert hörte, lief er hinaus und mit seinen Zeugen zum Rat und ließ seine Grete tanzen und singen. Und als die beiden Ratsmänner nun berichteten, was in Clauerts Stube vorgegangen, und den anderen Tanz und Musik vorführten, wie sie es eben gesehen und gehört hatten – nur eben nicht gar so schön –, da wollte der Jubel kein Ende nehmen. Clauerts Tanz war im Handumdrehen in allen Gassen der Stadt bekannt, und das war Frau Margarete nun auch wieder nicht recht.

Hans Clauert erzählt

Hier in Peter Müllers Wirtshaus hat der Märkische Eulenspiegel an den langen Winterabenden in fröhlichem Kreise manche schöne Geschichte erzählt.

Die folgende könnte fast den Lügenbaron Münchhausen zum Urheber haben.

‹Ich wollte einmal im Winter nach Sachsen hinunter wandern und war auch schon über Wittenberg hinaus, da geriet ich auf eine Heide. Weit und breit waren weder Haus noch Hof zu sehen, und der Schnee lag so hoch, daß ich schon umkehren wollte. Doch fand ich schließlich einen ausgetretenen Pfad, dem folgte ich, in der Hoffnung, auf eine feste Straße zu kommen.

Ich war aber noch nicht lange gegangen, da fand ich eine Anzahl Männer und junge Burschen beieinander sitzen. Sie hatten ein Feuer angezündet, hatten auch ein Faß Bier dabei und ließen es sich bei Gesottenem und Gebratenem wohlergehen.

Sie hatten ihre Pferde an die Bäume gebunden, und ich hielt sie für Jäger, setzte mich dazu und bekam auch mein Teil an Essen und Trinken.

Als nun alles vertilgt war und die Männer sich gürteten und sich fertigmachten zum Weiterreiten, wollte ich bei ihnen die Straße nach Leipzig erfragen. Doch da ergriffen mich einige der Burschen, während andere schon den Boden aus dem Faß stießen, und fragten, ob ich lieber sterben oder in die Tonne steigen wolle. Da sah ich nun freilich, daß es Räuber waren, bei denen ich Rast gehalten hatte. Was sollte ich tun? Unter zwei Übeln mußte ich das bessere erwählen, stieg also hinein, und das Faß wurde verschlossen.

Die Kerle saßen auf, ritten unter Gelächter davon, und ich konnte die kalte Nacht in der Tonne verbringen.

Gegen Morgen fanden sich ein paar Wölfe auf dem Platz ein und fielen über die Knochen und die Reste

der Räubermahlzeit her. Da griff ich mit der Hand zum Spundloch hinaus, erwischte auch einen der Wölfe beim Schwanz, der davon einen solchen Schreck bekam, daß er davonschoß durch das Heidekraut und über den Schnee.

Ich hielt ihn aber fest beim Schwanz, und so schleifte er die Tonne hinter sich her, und ich saß darin.

Endlich gerieten wir auf eine Straße. Da kam ein Fuhrmann des Weges, den rief ich an. Er erschlug den Wolf, den ich brav festgehalten hatte, und befreite mich aus dem Faß.

Das Wolfsfell verkauften wir den Leipziger Pelzhändlern, die daraus Hermelin zu machen pflegen, für vieles Geld. Dies ist der letzte Groschen davon. Wer es nicht glaubt, legt einen dazu. Herr Wirt, eine Kanne Bier!›

Die ältesten Märker

Damals trieben die Kipper und Wipper in der Mark Brandenburg ihr Unwesen. Es waren das Betrüger, die das Geld verfälschten, selber Münzen schlugen und ihnen so viel billiges Metall zusetzten, daß das Geld immer mehr an Wert verlor.

Da konnte man noch eher zu den früher gebräuchlichen Brandenburgischen Groschen Vertrauen haben. Und so zogen denn Kaufleute durch die Städte im Lande und suchten alte Groschen, die sogenannten alten Märker, zu ergattern, um mit ihnen ihren Handel zu treiben.

Dabei erzählten sie den Leuten, die alten Groschen seien ja längst außer Kurs und hätten eigentlich gar keinen Wert mehr. So war es ihnen leicht, für wenig Geld und viele gute Worte in den Besitz der alten Groschen zu kommen.

Einmal trafen zwei solcher Schacherer auf Hans Clauert, und hier waren sie vor die rechte Schmiede gekommen. Denn als sie Clauert fragten, ob er wüßte, wo es hier alte Märker gäbe, erbot sich der sogleich, sie hinzuführen, wo an die tausend alte Märker lägen, die ältesten, die man hierorts finden könne.

Die Kaufleute, begierig auf ein gutes Geschäft, rieben sich schon die Hände. Sie ließen Essen und

Trinken auftragen und hätten gern gleich erfahren, wo denn ein solcher Schatz zu finden wäre. Aber Clauert bedeutete ihnen, er würde es ihnen schon zeigen. Erst einmal langte er tüchtig zu. Dann, als er satt war, stand er auf, und die beiden folgten ihm eilends.

Clauert führte sie nun durch ein paar Gassen und stand plötzlich mit ihnen auf dem Friedhof. ‹Hier›, sagte er, ‹liegen die ältesten Märker, ältere werdet Ihr zu Trebbin nicht finden.›

Und er ging davon und ließ die Schacherer stehen.

Eine Studentenfuhre

Da saß eines Abends eine Runde Studenten in Peter Müllers Gasthof beim Bier. Sie kamen aus Leipzig und wollten nach Berlin.

Die kleine Stadt Trebbin fand wenig Gnade vor ihren Augen, und da sie als rechte Sachsen Mutterwitz und ein eiliges Mundwerk besaßen, meinte der Wirt, es möchte gut sein, ihnen die Klappe zu stopfen. Und als sie ihn nach einem Fuhrmann fragten, der sie anderen Tages nach Berlin bringen würde, wußte Peter Müller gleich, daß nun die rechte Gelegenheit gekommen sei.

‹Ja, ich weiß schon einen›, sagte er, ‹und keiner wird Euch besser zum Tore hinausbringen.›

Er dachte dabei aber an Hans Clauert, schickte nach ihm, und als der erschien, sagte er ihm unter der Tür ein paar Worte und stellte ihn dann den Studenten als den rechten Mann vor.

Die jungen Herren tranken unserem Clauert tüchtig zu, hofften sie doch, er würde sich darum mit geringerem Fuhrlohn zufriedengeben. Und Clauert nahm auch, als er seinen Durst gelöscht hatte, den halben Taler an, den sie ihm boten.

Am nächsten Morgen nun sollte die Reise angehen.

Clauert fuhr vor mit einem Wägelchen, vor das er

einen altersschwachen, lahmen Gaul gespannt hatte, ging hinein in die Herberge zu den Studenten und sagte:

‹Ich will Euch gern führen, Ihr Herren, doch müßt Ihr schon zu Fuß laufen, wo es bergan geht. Und die Berge hinab läuft es sich auch besser so. Wo dann der Weg gleichmäßig und eben ist, spaziert man ja ohnehin am schönsten nebenher.›

Die Studenten sahen sich ihren Fuhrmann an, ob er etwa einen Spaß mit ihnen treiben wolle, aber als sie vor die Tür traten und das arme alte Tier vor dem klapprigen Wagen sahen, wußten sie, daß sie betrogen waren, schimpften und verlangten ihr Geld zurück.

Clauert aber antwortete, von dem reichlichen Fuhrgeld habe er seinem Pferd gerade den Hafer für eine Nacht kaufen können. Er hätte sie gern nach Berlin geführt, wenn ihnen nun aber die Fuhre nicht zusage, so sollten sie nur getrost Schusters Rappen besteigen.

‹Eine Reise zu Fuß wird Euch auch besser bekommen. Lüftet Euch den Kopf nur aus, und immer der Nase nach findet Ihr schon hin!› rief er und führte seine Kutsche davon.

Auf dem Vogelherd

Der Hauptmann von Schlieben hatte sich in Zossen von Hans Clauert einen Vogelherd einrichten lassen.

Das Vogelstellen mochte für einen wohlgeborenen Herrn gerade die rechte Art von Jagd sein. Da konnte man nämlich in aller Ruhe dasitzen und, wenn die Vögel herangelockt waren, mit einem Ruck am Seil das Netz über sie herziehen. Das war schon alles.

Des Hauptmanns Gemahlin Katharina aber war eine adelsstolze und hochfahrende Dame. Als Clauert im Schloß meldete, er sei fertig und der Herr möge sich den Herd ansehen, meinte sie wegwerfend: ‹Was wird der Roßtäuscher schon zuwege gebracht haben!›

Doch wollte sie den Vogelherd gern selber in Augenschein nehmen, denn neugierig war sie doch. Und als Clauert sie bat, den ersten Zug zu tun, war sie gleich dabei und nahm, kaum daß sie an Ort und Stelle angekommen, den Sitz ein.

Clauert gab ihr die Leine in die Hand und ging selber voraus an die Stelle, wo das Netz vorbereitet war. Er würde sich im Gebüsch verstecken, sagte er, und ihr, wenn die Vögel kämen, Bescheid geben. Dann sollte sie nur kräftig ziehen. ‹Aber kräftig!› rief er noch einmal, ehe er ging.

Erst einmal aber machte er heimlich einen Schnitt in das Seil, daß es nur gerade noch an einem Faden

zusammenhielt. Und als er nun plötzlich gelaufen kam: die Vögel seien da! – riß die Dame aus Leibeskräften am Seil – und war schon mit wehenden Röcken, die Beine in die Höh, hintenüber ins Gras gefallen, daß sie unter all dem Stoff, den Über- und Unterröcken, nicht mehr zu sehen war.

Wer ihr nun aufgeholfen, ob Herr Hans von Riesen, der sie begleitet hatte, oder der bequeme Herr von Schlieben selber – Clauert jedenfalls hatte sich weggedreht. ‹Solch ein schlechtes Seil!› schimpfte er scheinheilig. ‹Hält doch nicht einmal einen Zug von zarter Damenhand aus!›

Teltower Rübchen

Es ist nicht sicher, ob zu Clauerts Zeiten um Teltow herum schon die berühmten Rübchen gezogen wurden, die später Goethe so gut geschmeckt haben, daß er sie sich nach Weimar schicken ließ. Aber andere ‹Rüben› gab es damals gewiß dort: gerissene Kartenspieler und sogar solche, die die Finger in fremder Leute Geldbeutel steckten.

Mögen die Teltower auch behaupten, jener Dieb, von dem hier die Rede ist, sei ein Zugereister gewesen, Hans Clauert jedenfalls wird ihren Heimatort nicht in besonders guter Erinnerung behalten haben.

Hier in Teltow nämlich verlor er beim Kartenspiel nicht nur alles Geld, das ihm sein Viehhandel in jener Gegend eingebracht hatte, sondern mußte auch noch Hut und Überrock dreingeben.

So hatte er zwar seine Spielschulden bezahlt, aber er schwur sich, die Karten künftig zu meiden – vor allem in Teltow –, und dachte an das Gesicht, das Frau Margarete daheim in Trebbin machen würde, wenn er ausgeplündert ankäme.

Mit solch trüben Gedanken legte er sich in der Herberge auf eine Bank und versuchte zu schlafen. Aber es ging ihm zuviel im Kopf herum; ob er auch die Augen schloß, den Schlaf konnte er nicht finden.

Nun war im Hause ein Dieb. Der hatte wohl

gesehen, daß Clauert mit einer gefüllten Geldkatze angekommen war. Er schlich sich denn auch im Dunkel heran – meinte er doch, Clauert schliefe längst – und machte sich an dessen Geldbeutel, den man zu jener Zeit an den Leibgurt geschnallt trug, zu schaffen.

Clauert ließ sich nichts anmerken, aber als der Dieb den Beutel geöffnet hatte und hineingriff, sagte er freundlich: ‹Such nur, such, lieber Sohn, ob du etwas findest! Ich habe den ganzen Abend gesucht und keinen Heller entdecken können.›

Da hättet ihr den Dieb sehen sollen! Er sprang auf, stürzte voller Schrecken davon, und da Clauert ihn festhielt, ließ er sogar den Mantel von der Schulter fallen, um nur loszukommen, und verlor auch noch den Hut bei seiner Flucht.

So kam Clauert gleich wieder zu Mantel und Hut. Und wenn beide vielleicht auch nicht so schön waren wie die, die er beim Spiel hatte lassen müssen – bis Trebbin würde er damit schon kommen.

Hans Clauert soll in den Turm

Im Jahre 1565 wütete ein großer Brand in Trebbin, und ganze Straßen mit Häusern, Ställen und Hofgebäuden fielen den Flammen zum Opfer.

Nun hatte die Stadt zwar ihren Wald, aber so viel Holz konnte man dort nicht schlagen, daß es für die Behebung der ärgsten Brandschäden gereicht hätte. So wurden die Trebbiner beim Hauptmann von Schlieben vorstellig, er möchte ihnen gestatten, auch von der Zossener Heide Bauholz zu holen.

Das gefiel dem Herrn nicht. Er gestand ihnen darum auch nur so wenig zu, daß die Trebbiner Stadtväter schon bald ihre Bitte erneut vorbringen mußten. Da aber wurde der von Schlieben ärgerlich, und er ließ verkünden, den nächsten, der um Holz zu ihm käme, würde er ins Gefängnis sperren lassen.

Nun saßen die Ratsmannen in Trebbin um ihren Tisch und wußten nicht weiter. Wie sollten sie ihre Stadt aufbauen ohne Holz?

Da war es wieder Hans Clauert, von dem sich die Stadt Hilfe versprach. Der Rat setzte also einen Brief auf, und Clauert sollte ihn nach Zossen aufs Schloß bringen. Es würde ihm schon das rechte Wort am rechten Ort einfallen, meinten sie. Aber diesmal war auch mit Witz und kluger Rede nichts getan. Der zornmütige Hauptmann befahl kurzerhand, den

unverfrorenen Bittsteller in den Turm zu schließen. So führte also der Kerkermeister unseren Clauert davon. Als sie nun an den Turm kamen, zu dessen Tür man nur über eine Leiter gelangen konnte, tat Clauert ängstlich. Die Leiter sei doch recht hoch und die Sprossen alt, meinte er, und er würde bei seinen schlechten Augen wohl auch den Eingang droben nicht finden. ‹Geh voran, lieber Peter›, bat er, und der Kerkermeister stieg auch wirklich auf der Leiter voran, um ihm zu zeigen, wie einfach alles wäre.

Der Gefangene kletterte seufzend und ächzend hinterher. Meister Peter war gerade eingestiegen und sagte eben: ‹Hierher mußt du mir folgen, Hans!› da ergriff Clauert die eisenbeschlagene Tür, schlug sie hinter dem Kerkermeister zu, legte das Schloß davor und ließ seinen unfreiwilligen Stellvertreter sitzen.

Es war gegen Abend. Die Suppe für die Schloß-

wache wurde gerade über den Hof getragen, und Clauert setzte sich einfach unter die Knechte und langte tüchtig zu. Aber die Burschen konnten doch das Lachen nicht verhalten, als sie den Gefangenen so seelenruhig in ihrem Kreis sitzen sahen. Meister Peters Frau schaute gleich zur Tür hinaus, was es da gäbe, da sah sie Clauert mit einer Schüssel in der Hand neben dem Kessel. Spornstreichs lief sie zum Hauptmann, der sich auch sogleich oben am Fenster zeigte.

‹Was machst du hier? Hab ich dich nicht in den Turm stecken lassen?› schrie er hinunter. Und Clauert antwortete: ‹Gewiß, Herr, aber ich habe einen gefunden, der für mich sitzen will, bis ich zu Abend gegessen.›

Da mußte nun auch der Hauptmann lachen. ‹Ich wette, er hat mir den Wächter eingesperrt!› sagte er, und Clauert rief hinauf: ‹Ja, einen besseren hab ich nicht finden können.›

Der Kerkermeister war ein grober Klotz und nicht wohlgelitten bei seinen Knechten. Aber als der von Schlieben nun entschied, er möge bis morgen im Turm bleiben, und außerdem ohne Suppe, war es nicht darum. ‹Solch ein Dummkopf! Läßt sich einschließen!› brummte er vor sich hin. ‹Soll er einen Denkzettel haben.›

Clauert kam also unbehelligt davon. Aber die Trebbiner hatten deswegen noch kein Holz. So hat es noch viel Mühe gekostet, bis sie ihre Stadt wieder errichtet hatten. Hans Clauert hat es nicht mehr erlebt.

Hans Clauerts Tod

Hier müssen wir von unserem fröhlichen Gesellen Abschied nehmen.

Kaum ein Jahr nach dem Brandschaden kam das große Sterben nach Trebbin. Clauert und seine Freunde verließen mit ihren Familien die Stadt.

Sie hielten sich längere Zeit in einem Walde in der Gegend auf, ernährten sich von Fischen und vom Vogelfang und hofften, die Pest würde vorübergehen.

Der Wald gehörte einem Herrn von Thümen. Als der davon erfuhr, sammelte er seine Knechte, um die ungebetenen Gäste zu vertreiben.

Doch kaum sahen die Trebbiner den Haufen herankommen, da richteten sie schnell auf Clauerts Geheiß eine Bahre, und Clauert selber nahm einen Kloben Holz, wickelte ihn in weiße Tücher und legte ihn darauf. Es sah aus, als läge ein Toter da.

Der Junker und seine Leute aber hatten kaum die weiße Gestalt auf der Bahre erblickt, als sie auch schon kehrtmachten und davoneilten; der von Thümen auf seinem Roß am schnellsten. Sie ließen sich auch nicht mehr blicken, denn sie mußten nun glauben, daß bei den Leuten im Walde die Pest schon Einzug gehalten habe.

So blieben die Trebbiner denn ungeschoren. Aber als der Herbst vorbeiging und es kalt wurde, zerstreuten sie sich und suchten jeder näher bei der Stadt ein Unterkommen. Und dort ereilte Hans Clauert der schwarze Tod.

Er hatte, als die Krankheit ihn überfiel, in einer Scheune ein Lager gefunden. Seine Margarete war bei ihm und versorgte ihn.

Clauert wußte wohl, daß seine Zeit um war. Aber auch jetzt verließ ihn sein guter Mut nicht. Und als von ungefähr einer seiner Freunde hereinschaute und nach seinem Befinden fragte, antwortete er: ‹Hier ist wohl gut sein, und wenn einen die Leute nicht dabei stören, kann man sogar ruhig sterben.›

Kurz vor seinem Ende vermachte er noch dem Eustachius von Schlieben und der gnädigen Frau Katharina sein Vogelnetz. Sie sollten seiner gedenken. So ist sich Hans Clauert noch im Tode treu geblieben: ein Schalk, der um eine lustige Antwort und einen Scherz nie verlegen war, aber dabei ein unerschrocken redlicher Mann, der zeit seines Lebens mit seinen Waffen, Spott und Witz, gegen Dummheit und Unrecht zu Felde zog. Darum ist er uns lieb. Und wir wollen uns seiner erinnern – zu unserem eigenen Besten.

Inhaltsverzeichnis

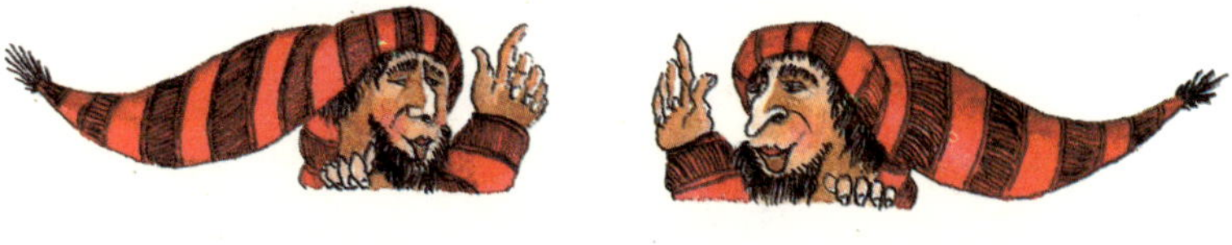

2. Auflage 1988
Lizenznummer 369-110/24/88

Typographie: Hans-Joachim Schauß
Gesamtherstellung: Sachsendruck Plauen
785 5209 01280

ISBN 3-357-00121-7